글벗시선 210 원유권 시인 첫 시집

절망에서 건진
희망의 낙서

원유권 지음

시인의 말

시집을 내면서

누구보다 열정적으로 한국에서 미국을 오가며 질풍노도의 삶을 살기 위해 최선을 다해 인생을 만들어가고 있을 즈음 2001년 내 나이 40세에 쓰러졌습니다.

와상환자로 누워서 8년을 지나며 삶이 포기되지 않았고 간절한 기도를 쉬지 않았습니다. 오른쪽 엄지발가락 하나가 움직이던 그 날, 나는 고쳐 주신다고 말해주신 주님을 온몸으로 붙잡았습니다.

몸을 움직이는 것도, 말도, 모든 기억도 되지 않았지만 일어서고, 발을 떼고, 말을, 하기 위한 죽을 만큼의 노력을 쉬지 않았고 구구단을 다시 외우는 데 2년이 걸릴 만큼 모든 상황이 어려웠습니다.

말도 안 되는 나에게 성가대에 서라고 권해주던 미국의 친구와 목사님의 응원으로 지금 생각하니 천사의 손길이었습니다. 차로 10분이면 가는 길을 나는 3시간 이상 버스로, 걸어서 가야 하는 새벽기도, 조금씩 호전되는 나를 느끼며 나는 성경을 쓰고 읽으며 휘갈겨 쓰는 글씨, 생각나지 않는 단어들, 앞뒤가 맞지 않는 어휘력이었지만 그 모든 일은 살아 있다는 감사였고 기적의 체험이었습니다.

지금도 맞춤법을 맞춰 쓰기에 쉽지 않았지만 내가 시인의
길을 걷게 해준 글을 소개하고자 합니다.

모래 위에 발자국

메리 스티븐슨(1922-1999)

어느 날 한 사람이 밤에 꿈을 꾸었습니다.

주님과 함께 걷고 있는 꿈이었습니다.
그런데 하늘 저쪽으로 자신의 지나온 날들이 비쳤습니다.
한 장면씩 지나갈 때마다
그는 모래 위에 두 사람의 발자국이 난 것을 보았습니다.

하나는 그의 것이었고
다른 하나는 주님의 것이었습니다.

인생의 마지막 장면이 비쳐올 때 그의 모래 위에 발자국
을 모두 돌아보았습니다.
그런데 그의 발자국이 한 쌍밖에 없을 때가 많다는 것을
알게 되었습니다.
그리고 그때는 바로 그의 삶에 있어서 가장 힘들고 어려
운 시기들이었습니다.

그는 주님께 물었습니다.
주님, 주님께서는 언제나 저와 함께해주시겠다고 약속하셨
습니다.

그런데 제가 보니 어려운 시기에는 한 사람의 발자국밖에 없습니다.
  제가 주님을 가장 필요로 했던 시간에 주님께서는 왜 저와 함께하지 않으셨는지 저는 모르겠습니다.

  주님께서는 이렇게 대답하셨습니다.
  사랑하는 나의 아들아.
  나는 너를 사랑하기 때문에 버리지 않는단다.
  네 시련의 시기에 한 사람의 발자국만 보이는 것은
  바로 내가 너를 업고 갔기 때문이란다.

  제가 이 시를 필사하는데 옮기는 시간은 무료 3시간이었습니다. 지금은 마침내 시를 쓰고 있습니다.

  2023년 1월

차 례

제2부 절망에서 쓴 희망의 편지

제3부 그림 속으로

제4부 살아가는 이유

제5부 하늘 파란 날

■ 서평

제1부

주홍빛 사랑

가 아니면 가지 마

이미 정한 일을 고민하고 있었다
전화를 걸었다
"나야 나"
성경 구절을 떠듬떠듬 읽고는 부탁했다
후원

친구들이 이해하고
들려오는 동해 바닷소리

저기서 들려오는
장애인 버스가 없다는 소리

포기해야 하나
전화기 울림 소리에 받았다
"은혜가 너희와 함께 있을지어다"
활짝 웃었다

동해바다 여름 피크닉
장애인들이 안전요원을 대동하고 바다에 풍덩
나머지는 웃음 먹고 기다리고 있었다

여기저기 콧노래를 부르고 있었다
금강산도 식후경
"밥 먹어요"

아뿔싸
장대비가 천막에 후드득 후두두 동당 도드랑
하나님이 피아노 연주를 시작하고 있었다
그래도 누구나 다 서로서로 웃고 있었다
웃음소리가 하늘에 닿아서 그런가
밤새도록 비가 천둥과 번개를 앞세우고 있었다
다음 날도 또 다음 날도

구름도 없는 햇살이 눈부시게 빛나는 날
집에 가는 날
서로서로 착한 눈빛으로 해맑게 웃으면서
오고 가는 날
"날씨는 좋았잖아. 그러면 됐지 뭐"

* 시작 노트
　벌써 6년이나 되었다. 장애인이 장애인을 모시고 떠난 동
해 여름 캠프가 생각났다. 내가 미국에 못 갈 수 있어 제공
했던 것이 바로 이것이었다. 동해바다에 가서 한 번도 바닷
물에 들어가지 못했지만 기분 좋은 추억이었다.

봄의 시

알지?
봄꽃이 아름답지만
사람이 더 아름답다는 것

봄꽃은 화려하지만
사람이 가진 설렘은 없다

두근대며 기다리는 마음에
상상 속 아름다운 꽃들과 향내 나는 과실,
벌 나비들이 만들어낸 봄이 넘쳐난다

쏟아지는 봄 속으로
한발 들어왔다 내가

* 시작 노트
봄 논밭에서 자운영을 보고 들어가는 친구를 보면서

독서

책장이 넘어가고 있다
가을이 겨울로 가듯

* 시작 노트
토요일 새벽기도 없는 날
새벽에 행복한 삶으로 책을 넘기고 있다.
삭풍은 언제 오니?

사랑꽃

이루어질 수 없는 사랑을
몰래 꺾어서 마음에 담았습니다

금방
시들 줄 알았는데
아직 가지가 남아 있어요

* 시작 노트
겨울이 들어왔어요.
사랑꽃을 보면서 가슴이 콩닥콩닥했습니다.
19°C 겨울날

주홍빛 사랑

비 내리면
나는 너를 찾는다
나는 당신을 사랑으로 품에 안고
당당하게 나가지요

비 내리면
일상 일들이 되풀이됩니다

예전처럼은 아니더라도
나는 너를 선택하지요

비 오는 날
너는 내 연인
나는 너의 연인
우리들은 천생연분

우산이 감정에 울고 있던 날

* 시작 노트
겨울비 내리는 아침
눈이 내리면 그냥 나가지만

추억

쉬~
어디서 들려오는 소리

얘야
물 내리지 마라

바지를 올리고
얼마나 아낀다고
참! 아버지는

나의 늘 상 집풍경이었다
쉬~ 하면서
애틀랜타 쪽으로

알았어요. 아버지

* 시작 노트
새벽에 쉬~ 하다가
아버지가 생각났습니다.

흰여울 마을 나들이

숨을 쉬고 있다
죽은 가슴이
여행을 떠났다가
돌아왔다

숨을 쉬고 있다
살 수 있는
산 가슴을 가지고

* 시작 노트
흰여울 문화마을에서 본 파란 봄이

우리의 만남

난 밖을 내다본다
여명을

여명은
내 방을 쳐다본다
시큰둥하게

입장권도 필요 없는
편한 이별도
알아서 헤어지는 사이

* 시작 노트
봄 여름 가을 겨울
매일 만나는 친구 같은 사이

엄동설한

반가워서 재잘재잘
옹기종기 수군수군
뒷사랑터 그랬는데
볏짚 지붕 삼삼한 눈
고드름이 희롱하는
회상 추억 엄동설한

* 시작 노트
초등학교 때 시골에서의 풍경이 생각났습니다.

어느 겨울날의 선택

어둠은 나의 영혼을
어루만지고 물러난다

눈치 빠른 나의 첫 시도
갈까 말까 꾸물거리는 것은 늘상 하는 일

강의실을 찾아
두리번거리다가
여긴가 저긴가
미소를 따라 들어간다

나는 더듬거리는 청강생
멍하게 앉아 있다가
그냥 수업 끝

난 청강생에서 수강생으로 변신
기분 좋게 걸렸다

* 시작 노트
나사렛 시 창작 오전에서 본
따뜻한 겨울을 준비하고 있었다.

바람개비

돌고 싶어도 혼자서 돌 수 없는 바람개비

그대가 바람으로 스쳐 지나가면
춤추듯 돌아가는 바람개비

태풍 같은 사랑은 두려워요
순풍으로 오소서

바람 따라 돌아가는
그대는 바람
나는 바람개비

앞과 뒤, 옆으로도
상관없이 불어주오

* 시작 노트
사랑이 불어온다

자화상

잃어버렸다
난 웃음을 띠고 있지요

빛이 일몰처럼 사라져도
난 웃음을 띠고 있을 겁니다

상대가 행복하기만 하면
난 울만큼 웃음 띠고 있을 수 있어요

그게 나의 흔적
빨강, 주황, 노랑, 초록, 파랑, 남보라색은
웃음색입니다

떨어진 그곳에서 핀다

아직 대지가 차갑다
가녀린 꽃눈을 열고 싶다

훈풍에 피워낸 꽃송이
앞다투어 시샘하고 있다

환희
어디선가 불어오는 세찬 눈바람이
가로막고 서 있다
이내 꽃잎이 다시 동면으로 가고 있다

봄 바람결 따라왔는데
내 봄은 아직 멀었네

* 시작 노트
그 말하는 것이 이루어질 줄 믿고 마음에 의심하지 아니하
면 그대로 되리라 - 마가복음 11:23

첫사랑

투영하고 있는 나
너를 사랑하는 것 같아
말은 못 하고

* 시작 노트
첫사랑이 짝사랑이었다

합환채

하늘을 사이에 두고
뻗대어 드러누운 산맥들
아랫단 비스듬히
꺾고 있는 구릉지

소복이 앉아서
초여름 햇살을 쬐는 너는 누구

다닥다닥 붙어있는
보라색 꽃 너는 누구지

진한 향기를 뿜어내고
방긋 웃고 있는 너는 누구냐

내가 사랑하는 자
너를 위하여 쌓아둔
합환채가 여기 있구나

여름 아씨 마중 왔다가

슬그머니 하늘도
한 번 더 올려다보는 여름날

천지사방에 네가 있구나
얼쑤

* 시작 노트
합환채 : 최음제 약초
하늘이 돌고, 여름의 푸르름처럼 돌고
향기를 뿜어내는 합환채도
축제처럼 돌고 있는
광덕산 언저리의 여름 풍경

잡으려고 하지 마

절망을 닦았다
절망에 등 대고 있는
희망을 찾았다

그래!
절망을 뛰어넘고
희망의 문을 열고 나가자

"아무것도 염려하지 말고 다만 모든 일에 기도와
간구로, 너희 구할 것을 감사함으로 하나님께 아
뢰라. - 빌립보서 4장 5절"

주님께
선물을 구함이 아니요
오직 기도를 구함이더라

* 시작 노트
눈물이 났다. 한 방울 두 방울….
눈물짓게 하지 않고는 아름다운 세상을 만들 수 없나보다

아쉬움

삶 속에서
나를 하나둘씩 그려가고 있다
좋은 놈 나쁜 놈 그저 그런 놈

사람 속에서
나의 삶을 그려본다
엉망진창 뒤죽박죽
정리정돈 명료

삶 속에서 사람이 있고
사람 속에서 삶이 되는 것을

하루를 숨차게 달려도
자꾸만 아쉬운 것은
가슴 속에 행복의 무게가
미달인 것이지만

내 옆에 내 앞에
사람들이 나로 인해 행복한지?

무심한 하루가 시작하고 있다

* 시작노트
내가 우울증 초기 고백하고 웃었다

사랑을 찾아 떠나는

잔뜩 찌푸린 날
쉽게 말해서 흐린 날
길을 걷고 있었다

민들레가 나보고 말하고 있다
나 좀 떠나고 싶어요
사랑을 찾아 떠나고 싶어요

난 민들레가 원하는 일을 했다
손으로 날려 보내고 있다
네 임을 찾아서 멀리 가라

* 시작 노트
겨울에 솜사탕 같은 민들레 꽃씨를 보았다.
손으로 툭 쳤다

나른한 겨울

아직도 몽롱함에서
깨지 않은 새벽

잠의 유혹이 나를
나른하게 만들고 있다

함박눈이라도 내려준다면
깊은 숙면 속으로 빠질 텐데

여명도 있을 때도 아직 먼데
눈보다 바람이 불어오고 있다

* 시작 노트
사방팔방에서 히터를 켜고 있는
새벽기도 가기 싫은 새

가을

가을옷을 입히고
향기도 넣었다

구름 놓고 간 하늘
바람 수다에 귀를 기울인다

가을에 둘러싸인 갈대숲
작은 소리로 읊조리고 있다

싸각싸각
훔치기 좋은 가을 풍경

* 시작 노트
가을비 온 다음 날
색 바랜 은행나무 곡교천
갈대가 멋나게 인사하고 있다

제2부

절망에서 쓴 희망 편지

매일같이 간이역에 서 있다

매일 정차하는 간이역이라는 하루

삶의 짐이 무거운 사람들이
줄지어 나온다

저마다 무게로 눌린 걸음들이
무거워 보인다

머리에 이었거나 양손에 들었거나
사람보다 짐이 우선순위

그래도
그 짐 속에 들어있는 무게만큼
행복이었으면 좋으련만

* 시작 노트
누구나 다 하루라는 간이역에 서 있다.
거의 넘어지기도 하고, 걸음에 미끄러지기도 하고
우리 넘어지면 흙을 털고 아무 일이 없다는 것처럼 나가고
상처가 있으면 빨간 약 바르고 울면서도
행복으로 가야 한다. 기도하면서 아멘.

절망에서 쓴 희망의 편지

비가 오면
빗길을 걸어가야지

숨기지 말고
감추지도 말고

눈이 오면
눈길을 걸어가야지

미워하는 마음은
하얀 눈으로 덮고
좋아하는 말과 행동은
갖고 가야 하는데

잘 될까?
잘 될 거야

* 시작 노트
내 마음을 비치는
거울이 있으면 좋겠습니다
찌푸렸다 가을하늘이

입동

가을에게 묻는다
– 낙엽으로 새 신 만들어줄까?

가을이 저만치
물끄러미 바라보고 있다가
– 벌써 신었는데

한 생애 가을
사무치던 일도
저리 쉽게 가고 있네

* 시작 노트
가을이 떠나간다

스치는 곳에

가을
네모 안에 들어가는 그림들을
참 다채롭게 그리고 있다

다르게 그려가는 그림 속에
풍경은 1등 2등이 없다는 것이다

각자 다른 개성으로
채워지는 색채를 그려본다

무청이 들어갔다 나올 때는
맛 나는 시래기로 나오겠지

다음에는 무엇이
가을 그림 속으로 들어갈까?

* 시작 노트
가을 무를 샀다
무청을 잘랐는데
맛 나는 시래기 만들어봐야지

물들이면

중년
가을이 오면
시가 녹아 나오고

산이
가을바람을 타면
단풍놀이가 재미있다

* 시작 노트
목젖이 보이도록
씽긋 웃고 있는 가을

물들 즈음

청춘이
가을을 타면
애간장이 녹아내리고

산이
가을바람을 타면
나뭇잎이 불탄다

* 시작 노트
가을 속으로
한 발짝 더 들어왔다

봄을 숨겨라

손짓했다

비도
바람도
하늘도
햇볕도
꽃들에게도
다 숨겨라 봄을

안녕하세요?
봄이 뒤따라오네요

누가 말리나요
봄이 오는 것을

* 시작 노트
애틀랜타 맥다니엘 팜 공원, 쌀쌀한 날, 안개 낀 길을 걷고
있었다. 상쾌했다. 조금은 추워도 꽃들은 잠자고 있나 보다.
봄꽃들은 입을 닫고 있었다. 햇볕이 들어오니까 안개가 도
망치듯 사라져 버렸다. 따사로운 봄바람이 불어오고 있는
덥지 않은 봄 풍경이다.

천둥과 번개

우르르 쾅쾅
천둥이 친다

번쩍번쩍
번개가 친다

움찔해진다

번개가 쳐야만
땅이 질소를 만들어
농사를 잘 짓게 만든다고 한다

천둥이 우리에게
무엇을 가르치는가

맑고 푸른 하늘

아득히 먼 길
아직도 푸른 하늘에는
미세먼지가 머물러 있다

언젠가
미세먼지가
썰물처럼 갈 거야

미세먼지 낀 날보다
괜찮은 날이 많았거든

황혼에 물들어지고
아득하게 멀어져 가는
맑고 푸른 하늘

맨해튼

맨해튼 빌딩 숲
하늘 가는 길
하늘에서 본 맨해튼
시시하다
하나님의 능력도 아닌
맨해튼

기이한 하나님
성결 우리 주인은 나를 버리지 않는다

여기서 주인을 잃으면
끝장이다

매일 계속되는 새벽

주님!
내가 행복해지는 일에
게으름 피우지 말게 하소서
주여!

새벽에 일어나자마자
길을 걷고 있었다

봄바람에
봄꽃들이 인사하고 있었다

* 시작 노트
고난 주일, 새벽 미명 아래 온 봄비

봄이 전하는 말

벚꽃이
잎사귀를 내면
여름이 가까운 줄 아나니

그래도
아직은
봄이었더라

봄꽃 피는 날

춥다고 하면
바람이 불고

바람이 불면
꽃잎이 흔들리고

꽃이 흔들리면
봄 향기가 확산되지요

그리고
꽃들의 씨앗이 흩어지고
흩어진 씨앗은 다른 곳에서
새로운 봄꽃을 탄생시켜요

봄바람과 함께 찾아온 꽃
너, 나, 우리 마음에
각인시켜요. 봄을

* 시작 노트
봄꽃 향기가 봄바람에 흩날리고 있었다.
어~ 라일락꽃, 다시 한번 들이키며 말했다.
근사하다 향기가

봄꽃이 피는 봄날

봄이
있을 곳이 없음이로다

여기저기
나의 자리가 없음이로다

그래서
봄이라고 했나 보다

* 시작 노트
봄 : '한창때'를 비유하는 말
봄바람이 사방팔방으로 펼쳐져 있었답니다.

벚꽃

벚꽃은 세 번 핀다

봄이라서 피고
봄바람 허공에서 피고

어느 바닥에서
책으로 이끌어가는
손에서 피고

아닙니다
벚꽃은 네 번 피네요
누군가의 사진 속에서도 핍니다

* 시작 노트
네 번째 피는 벚꽃은 지지 않고 항상 웃고 있어요.

어이

스며드는 가을
큰 산이
작은 산에게 인사하고 있다
촌수가 아래라서 어쨌다나

가을이 유혹하고 있다
유유자적 흐르는 강물에게
– 강물 양반! 쉬었다가 가유

못 이기는 척
하구에서 가을을 풀고 있다

가을소리가 들려온다
간간이 섞인 울음소리
사각사각 갈대가
가을을 알리고 서 있다

가을 벌판에
축축한 가을 안개

안개가 짙으면 풍년이 든다는데

봄에 가을 그림 속으로
스며드는 날

* 시작 노트
김관옥 권사님이 '청음 콰이어"를 위하여
생명샘 교회 기증한 그림을 보면서
"은밀한 중에 보시는 네 아버지께서 갚으시리라"
감사합니다. 아멘

어느 틈에 벌써

참
빠르다
제비처럼

울 새도
앉을 새도 없이

서로
저만큼 보이면
입을 벌리고
지지배배 우는 새끼들
어느 놈에게 줘야하나

새끼 똥을 먹어치우고
날아갔다 왔는데
둥지에는 아무도 없네 그려

황혼 노을에 아쉬움은
왜일까

* 시작 노트
뉴욕 센트럴파크 바위보다 더 큰 세월이
무거운 것은 왜일까?

고백

너를
한 번도
잊은 적이 없다

* 시작 노트
비가 내리고 있다
난 비를 무척이나 좋아한다.

인생은 그려

땅을 본다
하늘을 본다
꽃을 본다
길을 걷고 있다
밥을 먹는다
넘어진다
욕을 먹는다
칭찬을 받는다
글을 써 보낸다
분노한다
웃음짓는다
잠을 잔다
·
·

하물며 죽음까지도
리허설(Rehearsal)이 없다

인생은
오로지
생방송이다

* 시작 노트
인생, 과거, 미래 뒤안길에서

동행

누군가
함께 가면
갈 길이 멀어도
웃음을 띠고 가지요

누군가가
손을 잡으면
마음까지 따뜻해집니다

인생 동화
화이팅하고
동행합니다

제3부

그림 속으로

아니

다시는
오지 않아서
더욱더 소중한 너

오늘

* 시작 노트
덕수궁 걷고 있는 나
덕수궁 걷고 있는
사람들은 알까?
맹세코 오늘은 오늘로써 끝나는데…

나 원 참

눈이 떴다
갈까 말까 하다가
천천히 봉을 잡았다
일하지 않는 손
부르르 떨면서 어둠 속에 있는 나에게
인사하고 있었다
안 해도 되는데…
나도 모르게 쳐다봅니다
나도 무언가를 해야 한다는
압박감이 있었나?

발이 떨면서 기지개를 켜고 있다
안 해도 된다고 손에게
말했는데 똑바로 쳐다본다
비틀어지면 손하고 내 마음을 무시하고는
'백조의 호수' 춤을 추고 있다

미쳤나 봐
이것들이 왜 이러지
묘한 웃음이 나왔다

그냥 살며시
왔다 가면 그만인데

또 한 번 놀랐다
어깨 너머 슬쩍 보고는 놀랐다

거기 누구야?
혹시 나?
나구나 참!

휘돌아가는 물결이
멀리 사라져 버렸다
다시 적막이 흐르고 있었다

가슴앓이
사연은 계속하고는
나도 모르게 인사했다
고맙다

* 시작노트
새벽의 사연이 몇 번이나 더
있을까? 오늘도 고맙다구 했다

5월 터

눈앞에 있을 때는
못 느낀다

지나고 보면
봄이었네

그리고는
지난 봄은 어땠지?

너희들은
5월 끄트머리에 서 있으면서
왜! 지난 5월만 생각하지

6월 하지
감자만 생각하는 나

* 시작 노트
왜? 과거만 생각하는 거야
미래가 있다는 것을 알까?
5월 끄트머리에 본 장미
6월 하지 감자만 그려봅니다

바다, 별, 하늘, 또…

꽉
찬
너희가 있었구나

* 시작 노트

5월 봄비가 내리고 있다.
또 '유다육식물매장'을 찾았다.
새로운 세계가 여기에 있었답니다.

그냥 뒤

– 오월애

봄비가 내린다
비가 오면
망설임 없이 우산을 쓴다

눈이 오면
우산을 쓸까 말까 망설인다

인생이 다 그래
왔다가 그냥 가거든
비처럼 눈처럼

봄비가 내리고 있다

* 시작 노트
뻐꾸기가 울고 싶었나?
뻐꾹 뻐꾹 뻐뻐꾹 뻐꾹
두 밤만 지나면 5월도 가는데
봄비가 내린다. 인생도 가고 있다.

속삭이듯(1)

인생은
울면서 왔다가
춤추며 간다고 하던데
5월은 어땠나?

응.
5월의 단편소설을 만들었지

* 시작 노트
매달려 허우적거리던
때에도 시간은 지나가고 있었다.
5월이 가는구나

속삭이듯(2)

주절주절
그려

일부러
하지 않아도
될 일을 할때

아시나요
무조건 세상이
변한다는 사실

* 시작노트
새벽기도 마치고 나서는 데 하늘에서 주시는 단비를 맞으
며 열매가 매달려 인사하고 있다. 어제가 생각났다.
'청음콰이어'의 창단 연주 눈에 보이는
포도를 보고 소프라노, 오이는 알토, 고추는 테너
그리고 토마토는 베이스, 청음콰이어 열매들이 커간다
하나님이 주시는 은혜를 단비 맞으며 찬양을 하고 있었다
'주님 나라 이루게 하소서'
토마토가 더 예쁜 것은 왜일까?

봄 꽃잎이 사그라지는 날

끝이 있으면
시작이 준비하고 있다

* 시작 노트
봄이 끝나고 5월 31일
여름이 시작이다. 6월 1일

사진

안 받으면
기다려지고
받으면
시큰둥하는 것은
무엇일까요?

분명히
사진 찍으러 간다고 했는데

사진
기다림
좋은 스트레스 받는 날

하늘만 아옵소서

"When my love swears
that she is made of trust,
I do believe her, though
I know she lies.

내 애인은 자신이 진실만을
말한다고 맹세할 때

거짓말하는 줄 알면서도
나는 믿노라
- 윌리엄 셰익스피어

나도 그렇게 한다
아침에 일어나
거울을 보면서
아직은 괜찮은데

나는 한 번도

늙었다고 말하지 않는다

오늘
일어나
괜찮은데
환하게 웃고 있는
거울 속에 나를 보면서

* 시작노트
윌리엄 셰익스피어 시를 보면서 웃었다.
이빨 닦고 세수하고 나서는 거울 속에 나를 보면서 '소네트
138' 윌리엄 셰익스피어의 시가 생각났다.
윌리엄 셰익스피어보다 내가 훨씬 젊었다.

PRAYER

For this is love and nothing else is love
The which it is reserved for God above,
To sanctify to what far ends He will,
But which it only needs that we fulfill.
AMEN

기도

사랑이란 바로 이것입니다
높으신 목적을 위해 사랑을
하나님께 고결케 함은
하나님의 뜻입니다

우리는 오직 사랑을
충만케 할 것입니다
아멘

여름 드로잉

윙크만 해도
웃고 있는 봄바람이
여름바람으로 바뀌고 있다

저기 앞서가는 봄바람이
금방 도착한 여름바람에게
말한다
- 내가 졌다

* 시작 노트
사람들도
갈매기도 합심하여
떠다밀고 있다
여름 바람이 봄바람을

새 길을 만들 수 있을까?

길 찾아 나선 자
바람 끊어졌다가
다시 이어 지고

구름 되어 떠돌아다니는 자
때때로
자기 집을
삥 ~ 돌아가는
나그네처럼
베가본드처럼
살고 있다

* 시작 노트
구름 손짓하고
바람이 불어오고
여름 향기가 확산 되고 있는
어느 여름날 나를 본다

기다림

벌써
기다리고 있었다

어제도
오늘도
그리고 내일도 …

장맛비 내리는 소리
설렘역이라고 하는데

그림 속으로

더위가
아주 좋아
잠시 외출했다가
"아니올시다" 하고
제정신으로 돌아온
여름 아씨

오이의 기도

주여
내가 궁핍하므로
말하는 것이 아니오라
어떠한 형편에서든지
나는 자족하기를 배웠노라

나는 물로 비천에
처할 줄도 알고
풍부에 처할 줄도 안다

모든 일
곧 배부름과 장마
배고픔과 풍부와 궁핍에도
처할 줄 아는 일체의 비결을

어찌하여
오이를 내야 한다

배웠노라

아직 비가 오지 않았다

주님!
촉촉하게 비를 주시옵소서
아멘

* 시작 노트
새벽 기도 때 빌립보서 4장 11절 12절을 읽었어요.
새벽기도 마치고 교회 밭에 있는 오이를 보았어요.
금방 들었던 '빌립보서'가 생각났습니다.

비와 자연의 대화

치마 끝에 젖어 드는 비
첫 번째와 마지막 만남을
춤으로 전달하지요

톡톡톡
보슬보슬
주룩주룩
후드득 후드득
톡 토특 톡 토특
토독트독 토독트독
좍좍 두르륵 두르륵

내렸다 그쳤다
서럽게 기쁘게 우는 여름비

내리면
차박차박
소리가 바뀐다

고운 글 예쁜 글
사람들에게 남는 시
완벽하게 쓰신 빗소리
당신은 멋진 시인입니다

비와 자연과 대화하는 날
비가 그쳤다

그때

초원아파트에
원유권이라는 소년이
살았습니다

날 사랑하고
내 사랑을 받으며
참 사랑만으로 살고
있었습니다

그는
내 사랑보다 더 나를
사랑하고 있었습니다

날개 달린 천국의 천사들도
시샘하나 사랑을 나누었습니다

그런데 그는 동틀 무렵
비가 오나 눈이 오나
더우나 추우나

구름에서 바람이 불어와도
초원아파트에서 사라졌다가
다신 돌아왔었다
미소를 가득 안은 채

오늘도 내일도 모레도…
동틀 무렵 초원아파트에서는
그를 찾을 수가 없지요
그는 꿈나무교회에 가 있지요

기도합니다
New Face를 볼 수 있도록
그 사람이 삼십 배 육십 배 백 배 은혜를
가지고 갔으면 좋겠습니다
아멘

가랑비

사알짝 흥분에 쌓여

다가온 입맞춤

달콤하였지

* 시작 노트
비가 오고 있다

나를 이끄는 것

너무 많은 생각이
오히려 고요를 불러온다
날마다 보는 일상의
창문 너머 사진 같이
늘 그곳에 있는 풍광들이
나를 쳐다보고 있다

우두커니 서 있다가 보면
내 생각의 끝자락을 잡아
이끄는 게 있다

제4부

살아가는 이유

궂은비

내가
너의 이름을 불러주기
전에는
그냥 비로 있었다

내가 너의 이름을 불러주었을 때
슬며시 다가와서 미소를 지었다

누구나
이름 갖기를 원한다

오늘
너는 나에게는
잊혀지지 않은 궂은비다

아직도
궂은비가 내리고 있다

* 시작 노트
비가 내리고 있다. 비의 종류가 얼마나 되는지 궁금했다.
그래서 알았다.

여름비

무덥다

그래 그럼
사랑 담아 내려주고 있다

톡 토토톡
에어컨 지붕에 내리고 있다

여름비
여름 사랑이 물들즈음

* 시작 노트
여름비가 내리고 있다.
그것도 에어컨 지붕에 떨어지고 있다.
둘 다 더위를 막아주고 있었다.

비 오는 날

유리창
두드려
사알짝
그으면
환희와
두려움으로
두근거림보다
창밖이 보인다

그리고
다신 빗방울이
내 눈을 가리고 있다
장맛비가 오는 것 같다

* 시작 노트
장맛비가 내리고 있다
얼마만큼 장맛비를 겪어야 할지는 모르겠지만
올해는 그냥 기분이 좋다

남기다

아름답던 모습 간직하고자
세월을 잡아 보지만

스쳐 가는 바람이더냐
흐르는 물이더냐

어느새 저만치
달아나 버렸네

왔던 길 돌아갈 수 없지만
그 누군가가 고마워하는
발자국을 남길 수 있다면
좋으련만

살아가는 이유

살아가는 것이
이유가 있듯

살아가야 하는
이유가 있어요

다시 말해
누군가가 겪었던 것을
서로 겪고 있고 있지요

저 바람이
늘 위로가 되는 바람개비처럼

앞에서 불거나
뒤에서 불거나

* 시작노트
 초원아파트 102동1309호 여름이 찾아왔다.
창문을 열었다. 현관문을 열었다. 바람이 불고 있다.
앞에서 불고 있거나 뒤에서 불고 있거나 참 시원하다.
바람개비도 시원하게 웃고 있다.

사랑이 뭐라고 물으신다면

OOO이라고
말하겠어요

다르게 이해하고
다르게 품어주고
다르게 기뻐하는 것이라고

어! 여름이 지나가고 있네

밤으로 떨어지면서

땅거미 푸른 손바닥
뚫어지게
자유롭게 다가온 빛

무수한 발자국 흔적들이
어둠이라는 푸른 손바닥으로
사라져 버리고 있었다

아쉬워하며
지긋지긋하게
흙 묻은 손을 털며 일어나
각각 다른 골목으로
하나둘 사라져버렸다

내일은 나을 거야 하면서
웃었다

* 시작 노트
낮달 어둠 속으로 가고 있다

가야 하는데

일에 함몰된 일상
가끔은 벗어나고 싶다

내 가슴이 작디작아서
다 벗어 버리지 못하겠지만

낯선 곳
낯선 공기 느끼고 싶다

바람 빠진 풍선에 바람을 채워
나라는 사람으로 충전하고 싶다

* 시작 노트
바닷소리를 듣고 싶다. 개울 소리를 듣고 싶다
바닷바람을 안고 싶다.
산바람도 느끼고 싶은 바캉스를 어디로 갈까?

여름 아씨

궁금했다
밖에는 어떤 세상이 펼쳐져 있을까

능소화 한 줄기가
돌담을 넘었다

소심한 능소화는
넘지 말아야 하는데 하면서
여름 바람이 나를 넘겨준 거야

공범자
여름 바람에 흔들거리고 있는
능소화 노을 미소에 반해서
알았다 알았다고 하면서
여름 바람이 사라지고 있는 이야기

* 시작 노트
능소화가 여름 인사하고 있는 풍경

더위 채팅

마중 나온 여름비가
분주하게 들락거리고 있다

그
다음
더위만
존재하고 있을 뿐이다

* 시작 노트
장맛비가 내리고 있다

장맛비가 내리는 날

장맛비가 내리고 있다
한 손은 핸드폰을 잡고
다른 한 손에는 …

대체 넌 뭘 하고 있니?
초록 벼가 자라고 있었다

* 시작 노트
비가 오고 있다. 사진을 찍으면서 다소곳하게 있는
오른손이 안타깝더라고요

거기 누구 없소

밥을 먹었다 허기가 진다
여행을 떠나도 마찬가지다

어제도 하루
내일도 하루
밤새 무너트릴지도 모르는 하루

자기야~
소리가 들려왔다

하루가 아닌
오늘에 감사하고 있다

나 여기 있어요
자기야~

* 시작 노트
내 동생 사진을 보았다. 다른 것은 둘이었다
그래서 감사했다

장맛비 오후

홀로 사색에 잠긴 저분
어찌 그리 생각이 많은지

고개 들고 뒤를 보고서
하늘을 보면서
알려줘?

내일
비가 올까 안 올까?

참으로
알 수가 없구먼

* 시작 노트
저분이 가면서 궁시렁대니
내일 새벽에 허리가 아플지 안 아플지 몰라

서쪽 하늘

어디로
가야 할지 모르는
파란색 낮달이 곱게 떠 있다

낮달 속으로
한발 들어가고 있는데

낮달이
나를 밀어내고
서쪽 노을을 안아주고 있다

무심한 낮달
같이 가면 안 되나…

* 시작 노트
충무병원 입원실
서쪽 하늘에 낮달을 보았다
낮달도 길을 잃어버리고 나도 길을 잃어버렸습니다
낮달은 밤이 되면 달이 되고 나는 밤이 되면 무엇으로
변신하고 있을까?

종소리

저 멀리
존재하는 어떤 것

내 마음
두기 싫어서
외친다 기도한다

공허를
즉각 채워 줄 희망을
우리들에게 채워 주소서

아멘!

* 시작 노트
내가 갖지 못한 것을 바라는 것보다는
내가 가지고 있는 것을 알아서 즐기는 것을 알았다.
샤워하고 싶다는 것보다 머리 감기는 것도 감사합니다.
충무병원의 하루를 밝게 웃는 나를 보고서

소나타

하늘 비가 내린다

하늘 비가 멈추었다

저 구름이
이 구름에게
다른 곳으로 가자고
손짓하고 있다

회색 구름이 물결치듯이
떠나가 버렸다

파란색 하늘을 보았다

하늘이 아름다운 것은
비가 있기 때문이었다

* 시작 노트
소나기가 내렸다. 소나기가 멈추었다
눈부시게 파란 하늘이 아름답다
비! 너 때문이다.

밝은 밤

밤하늘
찬 별들이 아롱져 비칠 때면

적막이 밤을 걷는다
걸을 때마다 보이는 별빛들

깨어 있는 들리는 소리
가로등, 헤드라이트 불빛

별빛보다 더 가까이
다가왔다

* 시작 노트
천안 충무로 오거리
무수한 헤드라이트 가로등이 별빛을 달빛을
먹을 기세로 웃고 있다.
충무병원 입원 휴게실에서

누구

내 앞에
그가 앉는다

누구냐고 물어보면
'휴일'이라는 이름이

* 시작 노트
병원에 있을 때는 매일매일 하루였는데
아침에 일어나서 보니 주일날, 휴일이 날아들더니
기분이랄까 좋았답니다.

물음표(?)

우리는
어제를 바꿀 수는 없어요

그러나
오늘은 만들어 갈 수 있지요

멋지고
뜨거운 오늘
시원하게 만들어 보려고 그럽니다

* 시작 노트
에어컨을 켜고 아이스 커피를 먹고 있는 날

입추立秋

이른 새벽
열심히 걷고 있는데
더운 공기 사이로
찬 공기 하나가
슬며시 다가와
내 귀에 대고
은밀히 속삭였다

나 가을이야
가을

제5부

하늘이 파란 날

가을이지요(1)

새벽에
교회 쪽으로 발길을 옮기고 있었다

더운 공기 사이로
찬 공기 하나가 지나가면서

콧노래를 부르고 있었다

아~
가을인가
물동이에 떨어진 버들잎을 보고
물 긷는 아가씨 고개 숙이며
슬며시 지나가고 있었다

* 시작 노트
더운 새벽 날 입춘 이야기

가을이지요(2)

안개가 세상을 철없이
물들이면
가을이지요

순간 시원함을 느끼면
가을이지요

긴 팔의 옷에 눈이 가면
가을이지요

살아가는 이유보다
하늘을 나뭇잎을 본다고 하면
가을이지요

사랑 낙엽 멜랑꼴리(melancholy)
단어에 빠졌다면
가을이지요

그 고백처럼

시몬, 너는 아느냐?
낙엽 밟은 소리가

내색하면
가을 속으로 한 발 더
스며들고 있는 것입니다

* 시작 노트
안개 머금은 날 가을이지요

아주 선들선들한 가을을 본다
새벽에만

춥다는데

뭉게구름 유유히
흐르던 여름 바람 36°C

눈을 감는다
예전 이름 설국
억지로 밀어 넣는다

- 시원하지유
하면서
- 춥지유

덥다

나는
사랑에 빠지겠습니다
가을이라는 사랑에

아직 덥지만
가을 풍경을
기분 좋게 만들고 있사오니

* 시작 노트
가을 색
그림을 감상하면서

Monaco

I am going to my own headed
Bosomed in you green hills alone
A secret nook in a pleasant land
Whose groves the frolic fairiees planned
Where the waves crash.
Monaco

모나코

난 내 집으로 향했다
저 푸른 언덕이 외로이 안겨 있는 곳
명랑한 요정들이 설계한
쾌활한 언덕의 비밀스럽게 외진 곳
파도도 넘실대는 곳
모나코

* 시작 노트
동생이 일 때문에 모나코에 도착했다고 하면서 사진을 보
내왔다. 내년에는 모나코 갈 수 있을까? 사진으로만…

들꽃과 가을

하얀
들꽃을
닮은 싱그러운 날

들꽃이
싱그러운
그날이 가을이었네

가을의 품삯

가을이 속삭인다

하얀 들꽃이
싱그러운 뭉게구름도
연꽃 위에 붉은 잠자리
권태로움을 잊어버린 듯
일어났다 앉았다 반복한다

여름 닮은 어느 가을
물어보지도 않았는데
가을이 답했다

– 모든 만물아
태양의 에너지를 받지 못하며
익어갈 수 없지요
사람들에겐 시원한 시간을 밤에 줄게
낮에는 태양 길을 주려고
이것이 초가을 풍경

* 시작 노트
덥디더운 초가을 풍경

62세의 가을

내 사진을 보았다

어릴 적
웃으면서 떠다밀고 있다
순한 마음을
학생 시절
함박꽃 같은 미소가 있어서
놀라면서도 감동이었다
젊음
기다림으로
맑은 생각
푸른 하늘이
나를 보고 싱긋 웃는다

거울 속에 있는
내 얼굴을 보다가는
울었다 같이 웃었다

인생은 아름다운 것이다

믿음

기도했습니다
죽을 만큼

내 마음에
작은 불꽃 하나가
타오르고 있었습니다

조금만 참아야지
조금만 기도해야지
하나님이 주시겠지

*시작 노트
8월 23일 처서
선선한 가을바람이 불어온다.
가을비하고 같이…♡
새벽 기도 끝내고 걸어가면서

한 통의 가을

1961년에 태어나 아직
영글지 않은 재 살아있다

편지를 쓰고 있다

그립다고 쓰면
뭐가? 할까 봐
말을 삼킨다

긴긴 사연을 쓰고 나면

무슨 일이야
안부 전화가 폭주한다

그냥 잘 있나
나도 잘 있지
가끔은 문자라고
바람 편에 실려 보내

그대들도
가을 편에 보내어라

비가 오는
어느 늦여름 건너편으로 초가을

* 시작 노트
하늘빛이 가을을 내려놓고 있었다

건너니

비취 옥빛 바다
지중해

태양도
눈이 시릴 정도
에메랄드색 지중해

섬의 천국으로 갈 수 있으면
같이 가자

* 시작 노트
설렘으로 찾아왔다가
그물에 걸린 생선으로
가기로 했다

형
내년에는 같이 가요
설렘 역 하나 만들어야지

우왕좌왕 봄 여행

봄비 오늘날
훌쩍 떠나볼까나

그러면
애틀랜타 봄 이야기할까요

여기는 밤
봄밤 아지랑이가 있을까?

없어도
만들어야지

밤 들녘
숨을 들이켜다가 내 쉬고
반복하고 있다가

날 밤을 이렇게 하면
봄 아지랑이가 피어있겠지

웃으면서
숨을 들이켜고 내 뿜고 하는
애틀랜타 밤의 봄

봄의 은닉隱匿

참
좋은
그대여

너는
멋지고
귀합니다

늘
내 것이
아닐까 봐

순간
사진으로
그림으로 만듭니다

벚꽃이 피는 날도
봄이었고
벚꽃이 지는 날도
봄이었지

* 시작 노트
벚꽃이 피는 날, 벚꽃이 내리던 날, 봄이었더라

점

뉴욕역

올라갔다

춥디추운 맨해튼 빌딩 숲

불타오르는 레인보우 간판

뉴욕 공항 가는 길

하나
작은 점
저기가 맨해튼 빌딩 숲

웃고 있었다

* 시작 노트
저 지난밤에 뉴욕 입성, 빌딩 숲 감탄하고 있었다.
애틀랜타 가는 길 웃었다. 하나님도 웃고 있네요.
점을 탄성으로 감탄으로 본 저를 보고 있었다. 아멘

엷은 파스텔

내 마음에
사랑스러운 봄을 주고 싶었다

애틀랜타
봄 길 여행자

땅
잔디
시멘트
아스팔트
하얀 나비가
봄바람에 휘날리더라

고개를 들고 하늘을 보았다

벚꽃이 화려하게 휘날리며 바쁘다고
봄바람에 흔들거리고
있더라

이에 질세라

하늘빛도 봄 인사하고
있더라

겨울에서 탈출한 벚꽃

그들의 반란
그들의 용기 부족함이 없더라

옹기종기 모여 앉아 수군수군
봄의 뒷사랑 터

봄 하늘색에게
무지개 아지랑이가
봄 인사하고 있는
봄이었더라

* 시작 노트
길바닥에 벚꽃이 흩날리고 있었다.
어~ 봄의 전령 벚꽃 인사하고 있더라
푸른 하늘, 봄바람에 흔들거리고 있고
봄 햇살도 꼬마 벚꽃에게도
내 맘에도 봄이 들어왔더라

길

뻥 뚫린 하늘

눈을 조금 낮춰봤다

맨해튼 빌딩 숲
난 덩그러니 서 있다

센트럴파크 공원
뻥 뚫린 하늘에서 내리쬐는
햇살

벤치에 앉아서 쉬고 시계를
보았다

나는
어디로 가나
어디로 가야 하는가

사방팔방에 길이 나 있었다

지도를 펼쳐져 꼼꼼히 봤다

절경인지는 눈에 안 들어오고
겨우 보이는 것이 Restroom
어디 있나 훔쳐보았다

길을 따라서
뛰고 또 뛰고 있었다

벼랑 끝에
수고하고 나서는 길
그래
하늘 아래 절경이 Restroom, Exit이었다

* 시작 노트
뉴욕 센트럴파크 절경

하버드

시간이 회오리바람이 안긴다

머릿속엔
무지갯빛 아지랑이가
휘몰아칩니다

어떤 때는 유화로 수채화로
온통 꿈이 있는 물감으로 꿈을 꾸었습니다

회전문을 열고 들어가고는
다시 나옵니다
열정은 그대로인데

안이 다 보이는 창문
사랑한다고 메모를 적은 종이비행기를 날려보지만

창문을 넘어가지 못했다

그래도
그 자리에 설 수 있었다

하늘 파란 날

사랑해야지 이 봄
그려간다. 화사한 이 봄을
가끔씩 외로움도 있어야 한다
이 봄은

나 그리고 봄
마주하는 순간
활짝 웃는 것이 계절의
매너입니다

서로서로 함께 웃고 있다

어~
봄비가
봄바람이
뒤질세라 서로서로
봄의 정원에 입맞춤하고 있었다

애틀랜타 봄

봄

봄은 사랑이고
봄은 화사하고
봄은 안 외롭고
봄은 내가 당신의 모습이 되어
서로 마주 보며 활짝 웃는 계절

봄바람 사이로
새싹들이 하나둘 기지개를
하는 아름다운 계절

아무 생각 없이
새로움을 보고 있어도
낮달처럼 방실방실
웃고 있는 봄

사랑합니다
보고 싶습니다

그리워요 언어가

아주 잘 안 어울리는 봄

새싹 아래 서면
마음도 함께 따가자 하는 봄
그려봅니다

* 시작 노트
비탈길에 서면 보다가
아직도
낮달이 있네요
봄 마중하고 있는
샌프란시스코 공항에서
국미나 작가님의 가을을
리메이크 해봤어요 ^^~

봄꽃 말

보낸 편지
- 자신의 경험을 개방하는 사람은
자신의 내면 소리를 들을 수 있다

봄소식
과꽃도 같이 보내주셨습니다

봄소식
전하는 과꽃
자신의 내면을 말하고
있었답니다

나 예쁘나요
엄청나게 예쁘지요
상상할 수 없을 만큼 예뻐서
기분이 무지막지하게 좋아요

과꽃이
봄바람에 흔들거리고

꼬마 사람을 보고 있었다

너 예쁘다
아주 쪼끔
새앙쥐 꼬리만큼이나
나보다 더 예쁘네요

봄 잘 보내시고

여기는 얼씬하지 마세요

절망에서 건진 희망이라는 시의 웃음 빛깔
– 원유권의 시집 『절망에서 건진 희망의 낙서』를 읽고

최 봉 희(시조시인, 평론가, 글벗 편집주간)

"위트(Wit)"라는 단어는 명사다. 이는 "기지, 재치, 지혜" 등을 의미한다. 또한, 이는 '재치 있는 사람'을 의미하기도 하고, '분별력'이나, '이지력'을 뜻하기도 한다.

재치 있는 대화가 장벽을 무너뜨린다. 위트에는 상대방이 깨닫지 못하는 사이에 상대방을 설득시키는 힘이 있다.

재치는 수필의 영역에서는 물론이고 시의 영역에서도 적용된다. 시에서 재치와 설득은 독자들을 조용하고 부드럽게 상대를 이끌어간다.

원유권 시인은 언어의 재치가 있는 시인이다. 짧은 문장 속에서 그의 창의적인 재치를 만날 수 있다.

> 알지?
> 봄꽃이 아름답지만
> 사람이 더 아름답다는 것

봄꽃은 화려하지만
사람이 가진 설렘은 없다

두근대며 기다리는 마음에
상상 속 아름다운 꽃들과 향내 나는 과실
벌 나비들이 만들어낸 봄이 넘쳐난다

쏟아지는 봄 속으로
한발 들어왔다 내가
– 시 「봄의 시」 전문

　여유와 재치가 넘치는 시다. 이 시는 문답법과 비교법을
활용하여 분위기를 자아낸다. 독자의 관심을 끈다. 짧은 형
식을 통하여 물아일체(物我一體)라는 순리 앞에 자연과 하
나가 되는 철학적 의미와 통합의 기교라는 자연의 미학이
돋보인다. 이처럼 복잡다단한 현실 생활을 벗어난 풍류와
여유를 즐길 수 있는 정서의 펼침은 원유권 시가 가지고
있는 독특한 멋과 맛이 아닌가 한다.
　그의 또 다른 시를 살펴보자.

이루어질 수 없는 사랑을
몰래 꺾어서 마음에 담았습니다

금방
시들 줄 알았는데
아직 가지가 남아 있어요

- 시 「사랑꽃」 전문

이루어질 수 없는 사랑을 취하기 위해 몰래 가슴에 담았지만 시들지 않고 가지에 그 사랑의 흔적이 남아 있다는 것을 발견한다. 그 생각이 아름답다. 생각의 역발상이다.

또 하나의 원유권의 시의 특징은 간결하고 짧다. 간결함이 그의 시적인 멋과 맛을 한껏 풍겨주고 있다. 특별히 뻔하고 진부한 것을 벗어나 자신만의 독특한 창의성과 새로움을 추구한다. 간결한 문장으로 재치와 위트, 그리고 새로운 감성으로 시의 맛과 멋의 새로운 지평을 열어가고 있다고 볼 수 있다.

비 내리면
나는 너를 찾는다
나는 당신을 사랑으로 품에 안고
당당하게 나가지요

비 내리면
일상 일들이 되풀이됩니다

예전처럼은 아니더라도
나는 너를 선택하지요

비 오는 날
너는 내 연인
나는 너의 연인
우리들은 천생연분

우산이 감정에 울고 있던 날

- 시 「주홍빛 사랑」 전문

 비 오는 날의 우산과 비의 주홍빛 사랑은 아름답다. 하지만 슬프다. 천생연분으로 연인처럼 가깝지만, 비 내리는 날만 만날 수 있으니까 얼마나 슬프랴. 더욱이 우산이 감정에 울고 있다.

쉬~
어디서 들려오는 소리

얘야
물 내리지 마라

바지를 올리고
얼마나 아낀다고
참! 아버지는

나의 늘 상 집풍경이었다
쉬~ 하면서
아틀란타 쪽으로

알았어요 아버지
- 시 「추억」 전문

 원유권 시인은 한국에서 미국을 오가며 질풍노도의 삶을 살아온 시인이다. 아름다운 인생을 만들기 위해 최선을 다하는 인생을 살았다. 그러다가 40세가 되던 2001년에 쓰

러졌다. 누워서 생활하는 와상 환자로 8년을 지내다가 신
앙의 힘으로 다시 일어선 시인이다.

숨을 쉬고 있다
죽은 가슴이
여행을 떠났다가
돌아왔다
– 시 「흰여울 마을 나들이」 중에서

죽음에 대한 두려움이 엄습할 때, 붙들 수 있는 것은 오
직 희망이다. 희망만이 두려움을 이길 수 있다. 아니 두려
움을 넘어서 새로운 세계까지 보게 한다. 원유권 시인은
와상환자로 누워서 8년을 지내면서 삶을 포기하지 않았다.
간절한 기도도 쉬지 않았다. 몸을 움직이는 것도, 말도, 모
든 기억도 상실된 상태였다. 하지만 그는 일어서고, 발을
떼고, 말을 하기 위해 몸부림치면서 죽을 만큼의 노력을
쉬지 않았다. 구구단을 다시 외우는 데 2년이 걸릴 만큼
모든 상황이 어려웠다.
그러나 그에게는 친구가 있었고 이웃이 있었다. 그의 삶
의 원동력이자 희망이 있었다.

이미 정한 일을 고민하고 있었다
전화를 걸었다
"나야 나"
성경 구절을 떠듬떠듬 읽고는 부탁을 했다

후원

친구들이 이해하고
들려오는 동해 바닷소리

저기서 들려오는
장애인 버스가 없다는 소리

포기해야 하나
전화기 울림 소리에 받았다
"은혜가 너희와 함께 있을지어다"
활짝 웃었다

동해바다 여름 피크닉
장애인들이 안전요원을 대동하고 바다에 풍덩
나머지는 웃음 먹고 기다리고 있었다
– 시 「가 아니면 가지마」 중에서

　장애인의 동해바다 여행은 쉽지 않은 일이다. 그것도 장
애인이 장애인을 동행하는 여행은 더더욱 그렇다. 그러나
과감하게 도전했다. 본인의 노력은 물론 친구와 이웃의 도
움으로 그 꿈을 성취했다. 그리고 마침내 동해바다를 만날
수 있었다. 본인은 바닷물에 들어갈 수 없었지만 아름다운
추억을 만든 것이다.
　사람은 누구나 자기 방식으로 삶을 행복하게 살려고 노력
한다. 그리고 그것을 위해 날마다 애태우며 노력한다. 하지
만 인간은 심히 연약하고 작은 존재다. 모든 일에 부족하

고 실수를 많이 하게 된다. 그러나 여기에 참 아름다움이 존재한다. 시인이 동해바다에 들어갈 수 없는 처지이지만 웃음을 먹고 기다리는 그 행복을 이해할 수 있을까?

프랑스의 작가 빅토르 위고(Victor Hugo)가 말했다. "인생에서의 최고의 행복은 우리가 사랑받고 있음을 확신하는 것이다."

인간은 한계를 인정하고 그 안에서 최상의 아름다움을 찾아내려고 노력한다. 바로 원유권 시인도 마찬가지다. 행복의 완성은 절대적인 것이 아니다. 부족한 인간이 완성을 향해 나아가는 최선의 과정, 그 노력이 참으로 아름다운 것이다.

원유권 시인의 다른 시 작품 「자화상」에서도 그의 노력을 만날 수 있다.

> 잃어버렸다
> 난 웃음을 띠고 있지요
>
> 빛이 일몰처럼 사라져도
> 난 웃음을 띠고 있을 겁니다
>
> 상대가 행복하기만 하면
> 난 울만큼 웃음 띠고 있을 수 있어요
>
> 그게 나의 흔적
> 빨강, 주황, 노랑, 초록, 파랑, 남보라색은
> 웃음색입니다

- 시 「자화상」 전문

슬픔이 닥쳐와도 그는 항상 웃는 사람이다. 그 어떤 것도 모두 웃음색으로 바라보고 보이는 것이다. 긍정의 삶을 살고 있다.

나는 원유권 시인을 위대한 사람이라고 말하고 싶다. 위대한 사람이란 보통 사람이 넘어설 수 없는 세계를 넘어서는 사람을 말한다. 그들이 극복한 삶은 아주 특별한 소망이 있고 독특한 행복이 있다. 어디를 보아도 가망이 없을 때 찾아드는 희망이 참 희망이다. 이 희망은 환경을 넘어서는 희망이 있기에 기적을 만든다.

땅을 본다
하늘을 본다
꽃을 본다
길을 걷고 있다
밥을 먹는다
넘어진다
욕을 먹는다
칭찬을 받는다
글을 써 보낸다
분노한다
웃음짓는다
잠을 잔다
·
하물며 죽음까지도
리허설(Rehearsal)이 없다

인생은
오로지
생방송이다
 - 시 「인생은 그려」 전문

　인생은 어쩌면 생방송이다. 오늘도 좋은 내일을 만들기 위해서 참 많은 일을 한다. 내일이라는 삶을 행복하기 위해 다양한 활동을 한다. 땅을 보고 하늘을 보고 꽃을 보면서 길을 걷는 것은 물론 넘어지고 쓰러지면서 욕도 먹고, 분노하고, 칭찬도 받는다. 원유권 시인은 거기에다 글을 쓰면서 환한 웃음을 짓는다. 그 삶에는 고통이라는 아픔도 있다. 그래서 인생의 맛은 저마다 달고 짜고 시고 맵고 쓴맛을 지닌다.

　아무도 고통의 쓴맛을 좋아하지 않는다. 가능하면 그 통의 쓴맛을 피하려고 한다. 그러나 원유권 시인은 고통을 찾아오면 당당히 맞선다. 그리고 그는 신앙이라는 믿음 안에서 기적이라는 삶의 참맛도 경험한다.

　미국의 정치가 벤저민 프랭클린(Benjamin Franklin)이 이렇게 말했다. "사랑받고 싶다면 사랑하라. 그리고 사랑스럽게 행동하라."

　사랑을 포괄할 수 있을 만큼 큰 단어는 단 하나, 인생 밖에는 없다. 모든 면에서 사랑은 곧 인생이다. 오직 사랑만이 그 인생을 완전히 채울 수 있다. 인생을 사랑이라는 측

면에서 바라보라. 건강하고 행복한 삶을 살 수 있다. 그렇다면 사랑하는 방법은 무엇일까?

　　절망을 닦았다
　　절망에 등 대고 있는
　　희망을 찾았다

　　그래!
　　절망을 뛰어넘고
　　희망의 문을 열고 나가자
　　　- 시 「잡으려 하지 마」 중에서

　시인은 사랑을 희망을 찾는 것에서 출발한다. 절망을 뛰어넘고 희망의 문을 여는 것이 사랑하는 방법의 하나인 것이다.

　　비가 오면
　　빗길을 걸어가야지

　　숨기지 말고
　　감추지도 말고

　　눈이 오면
　　눈길을 걸어가야지

　　미워하는 마음은
　　하얀 눈으로 덮고

좋아하는 말과 행동은
갖고 가야 하는데

잘 될까?
잘 될 거야
– 시 「절망에서 쓴 희망 편지」 전문

　시인은 절망적인 상황에서도 즐거운 생각, 긍정적인 생각
으로 말한다. 좋아하는 말과 행동이 함께 할 때 만사가 잘
되기 때문이다. 특별히 마음이 맑으면 몸도 밝아진다. 마음
이 즐거우면 몸도 즐겁고 말이 즐겁다. 아픔의 꼬리를 감
추고 좋은 에너지가 몸을 일으킨다.
　영혼은 양식은 우리의 생각이다. 내가 어떤 생각을 하느
냐에 따라 내 인생도 내 영혼도 그렇게 성장한다. 불평과
불만, 부정적인 생각을 하면 우리의 영혼은 그것을 먹고
자란다. 대신 믿음과 감사, 사랑과 평화의 양식을 취하면
우리의 영혼은 자유롭고 평화로운 삶으로 성장한다.

저 멀리
존재하는 어떤 것

내 마음
두기 싫어서
외친다. 기도한다

공허를

즉각 채워 줄 희망을
우리들에게 채워 주소서

아멘!
- 시 「종소리」 전문

필자는 원유권 시인에게서 배운 것이 하나 있다. "끝이
있으면 시작이 준비되어 있다."는 시인의 말처럼 이제는
'끝까지 가야 한다.'는 것이다.
사람마다 재능이나 지혜의 차이는 그리 크지 않다. 그러
나 인내의 차이는 절대적이다. 재능과 지혜는 누구나 집중
하고 노력하면 개발된다. 그러나 인내는 배워서 얻기보다
는 마음 깊은 곳에서 흘러나온다.
삶의 목표가 분명하고 이웃에 대한 사랑이 싹트면, 일에
대한 두려움을 극복하고 끝까지 나아가는 힘이 생기는 법
이다. 원유권 시인이 그렇다.

내렸다 그쳤다
서럽게 기쁘게 우는 여름비

내리면 차박차박
소리가 바뀐다

고운 글 예쁜 글
사람들에게 남는 시

완벽하게 쓰신 빗소리
당신은 멋진 시인입니다

비와 자연과 대화하는 날
비가 그쳤다
- 시 「비와 자연의 대화」 중에서

 시인은 여름비 내리는 소리를 고운 글, 예쁜 시로 쓴다.
여름비가 시인이고, 자연도 시인이 되는 것이다. 비와 대화
하는 자연처럼 즐겁게 사는 인생이 아름답다. 왜냐하면 즐
거움에는 경쟁이나 비교가 없다. 따뜻한 대화만 있을 뿐이
다. 어쩌면 그에게 따뜻한 동행이 필요하다.

누군가
함께 가면
갈 길이 멀어도
웃음을 띠고 가지요

누군가가
손을 잡으면
마음까지 따뜻해집니다

인생 동화
화이팅하고
동행합니다
- 시 「동행」 전문

오늘도 원유권 시인은 글벗문학회 시인들과 함께 즐겁게 시를 쓴다. 동행의 기쁨을 맛보는 것이다. 옆에서 누군가가 함께 걸을 때는 평안과 기쁨이 있다. 앞에서 걷거나 뒤에서 따를 때는 알 수 없는 평안이고 기쁨이다. 그래서 시인에게는 그와 함께할 마음이 따뜻한 동행이 필요하다. 글벗문학회 회원들은 서로 만나 웃으면서 책을 읽고 글을 쓴다. 마치 세월의 흐름처럼 "인생의 책장이 넘어가고 있다 가을이 겨울로 흘러가듯"(시 「독서), 시인은 그렇게 책을 읽으며 나눔으로 시를 쓰고 있다.

만약 늘 누군가를 앞서 걷는다면 속도를 늦춰야 한다. 만약 늘 누군가의 뒤에서만 걷는다면 속도를 내거나 앞서 가는 이를 불러 같이 걷도록 해야 한다. 이제 필자는 원유권 시인과 함께 글벗문학회에서 아름다운 글로 행복한 동행을 하려고 한다. 시를 함께 읽고 나누면서 사는 동행, 아름다운 인생 여정이 아닐까 한다.

지금껏 원유권 시인은 시 100여 편의 시를 읽었다. 삶의 아픈 경험을 절절한 고백으로 쓴 시다. 말 그대로 가슴으로 쓰는 시다. 시인은 이를 '죽음이라는 절망 속에서 건진 희망의 낙서'라고 말한다.

숨을 쉬고 있다
죽은 가슴이
여행을 떠났다가

돌아왔다

숨을 쉬고 있다
살 수 있는
산 가슴을 가지고
- 시 「흰여울 마을 나들이」 전문

　앞에서 인용했던 시를 다시금 인용한다. 필자의 가슴에 오래도록 남는 시다. 쉽게 잊히지 않는 시다. 어쩌면 가슴으로 쓴 시이기 때문이리라.
　가슴에 남는 이야기만이 내 삶의 참된 진실이다. 그것을 끝까지 품고 사는 것이 시인의 삶이 아닐까. 왜냐하면 죽은 가슴이 아니라 산 가슴으로 쓴 시이기 때문이다.
　시인은 가슴에 남는 시를 써야 한다. 살아 있는 가슴에 남는 시가 우리를 지탱해 주는 시다.
　아픈 우리의 인생에는 가슴에 오래도록 남는 시가 필요하다. 훗날 되돌아볼 때 흐뭇해하며 혼자라도 웃으며 읽을 수 있는 시를 지금 써야 한다. 내 가슴으로 쓴 진실을 기억하고 타인의 가슴에도 그대로 전해져야 한다.
　많은 아픔과 절망의 시간은 그냥 흘러간다. 나중에 내 가슴에 아무것도 남아 있지 않는다면 내 삶은 얼마나 허망할까? 진실과 사랑을 담은 아름다운 시, 가슴에 남은 시를 오래도록 많이 써야 한다.
　나 역시 바로 원유권 시인과 같은 가슴에 남는 이야기를 진솔하게 말하는 시인이 되고 싶다.

    내 사진을 보았다

    어릴 적
    웃으면서 떠다밀고 있다
    순한 마음을
    학생 시절
    함박꽃 같은 미소가 있어서
    놀라면서도 감동이었다
    젊음
    기다림으로
    맑은 생각
    푸른 하늘이
    나를 보고 싱긋 웃는다

    거울 속에 있는
    내 얼굴을 보다가는
    울었다 같이 웃었다

    인생은 아름다운 것이다
    - 시 「62세의 가을」 전문

  인생은 사랑이다. 그 사랑에는 희망이 있다. 그 희망의 빛
깔은 어떤 빛이랄까? 시인은 웃음 빛깔을 이렇게 말한다.

빨강, 주황, 노랑, 초록, 파랑, 남보라색은
　웃음색입니다
　- 시 「자화상」에서

　원유권 시인이 말한 것처럼 '절망에서 건진 희망의 낙서'
처럼 그의 인생이 사랑으로 살아가는 즐거운 인생, 웃음이
가득한 인생이 되었으면 한다. 더불어 다른 시인들과 함께
동행하는 삶 속에서 같이 울고, 같이 웃는, 아름다운 인생
이 되었으면 한다.

　어느덧 시인은 이순의 나이를 지나서 이젠 웃음을 간직한
아름다운 나이가 되었다. 원유권 시인의 삶에서 이제 슬픔
은 지나갔다. 앞으로도 아픔이 시인의 마음에 들어와 놀다
나갈 수 있다. 이제 분명한 것은 슬픔과 아픔이 지나가게
해야만 한다. 세상이 비록 고통으로 가득해도 그것을 극복
하는 힘 역시 세상에 많다. 고통을 이해하고 그것을 넘어
서야 한다.

　원유권 시인은 오늘도 글쓰기를 통해서 새로운 삶의 의미
와 기쁨을 찾아내고 있다. 고통을 이길 힘은 바로 시인 자
신에게 있기에 계속적인 삶의 발견과 글쓰기가 필요하다.

　다시금 원유권 시인의 시집과 수필집 동시 출간을 축하한
다. 절망에서 건진 희망의 글이 독자들에게 많은 호응과
그의 웃음 빛깔이 널리 전파 되기를 기대한다.

　시인의 건승과 건필을 기원한다.

■ 글벗시선 210 원유권 첫 시집

절망에서 건진 희망의 낙서

인 쇄 일 2024년 2월 7일
발 행 일 2024년 2월 7일
지 은 이 원 유 권
펴 낸 이 한 주 희
펴 낸 곳 도서출판 글벗
출판등록 2007. 10. 29(제406-2007-100호)
주   소 경기도 파주시 와석순환로 16,(야당동)
         롯데캐슬파크타운 905동 1104호
홈페이지 http://guelbut.co.kr
E-mail juhee6305@hanmail.net
전화번호 031-957-1461
팩   스 031-957-7319
가   격 12,000원
I S B N 978-89-6533-276-3 04810